KB251395

가장 넓은 대륙

김미순 시집

현대시에서 펴낸 김미순의 시집

브레이크(2020, 문학나눔 선정)

시인의 말

내게 주어진 연골의 눈알들을 분석하면

거대한 부재의 입술이 감전된다

오래된 기억들을 독백으로 되뇌다가

물과 빛을 물어 나른다

2025년 5월

김미순

차 례

● 시인의 말

제1부

가장 넓은 대륙 ——— 10

굿모닝 ——— 12

거꾸로 불어오는 바람을 따라갈까요 ——— 14

고분 축조 비밀 ——— 16

공부 ——— 18

굴러가 버린 바퀴 ——— 20

49문의 예포 ——— 22

기基 ——— 24

내 잠 속에서 파들이 자라났어요 ——— 26

달콤한 허상 ——— 28

동행을 꿈꾸며 ——— 30

듣지 못할 생각 ——— 32

리오틴토 ——— 34

가장 안전한 기상예보 ——— 36

제2부

마누카 나무 —————— 38

면접의 일정 —————— 40

목록을 바꿔야 할 때 —————— 42

밤은 좋은 시간일까요, 나쁜 온도일까요 —————— 44

비 오는 날 꽃피는 남자 —————— 46

비 인칭 —————— 48

상상 속 친구 —————— 50

미완의 비명들 —————— 52

생태체험 —————— 53

쇠백로 —————— 54

숫자탐험대 —————— 56

시간 꼬리 —————— 58

열리지 않는 판도라 상자 —————— 60

아이와 퇴마사 —————— 62

제3부

왼손으로 글을 쓰진 않죠 ———— 64

왼쪽으로만 ———— 66

우리 모두 그대로 걷자 ———— 68

움직이는 법칙 ———— 70

위험한 항구 ———— 72

이백 년 만에 뜬 개기월식 ———— 74

이쯤에서 저쯤까지 ———— 76

초록 가시 ———— 78

캐리어 ———— 80

파란 사과가 있는 방 ———— 82

파이널판타지 ———— 84

팔뚝 ———— 86

제4부

혼자 굴러떨어져 ——— 90

도시의 하이에나 ——— 92

카무트 ——— 94

레드 케이브 쉬림프 ——— 96

결정론적 요소 ——— 98

공룡동산 ——— 100

학교 펜션 ——— 102

테이크아웃 캐리어 ——— 104

거침없이 ——— 106

그것은 ——— 108

치자 ——— 110

사랑이 익어가고 있는 정원 ——— 112

▨ 김미순의 시세계 | 황유지 ——— 113

제1부

가장 넓은 대륙

꽃물에 젖는 나비

순환하는 사이로 초록이 말라가는 날개

동그랗게 말아진 기록 뭉치 몸을 펼치고

세속적인 폭포수 안으로 나비가 떨어진다

난자 동결 비용과 시간의 지면을 뚫고 나오는 방은

예상했던 것보단 까다로워, 시작이라는 말보다

열매가 열릴까요, 질문이 동그랗게 굴러다닌다

제발 공난포만 아니길

적당한 운동과 음식조절 그리고 간절

그리고 또 간절히 기도한다

배꼽 밑에 주삿바늘로 수를 놓아 단단한 꽃멍 든다

초저출산 문제 해결 전문의도 한마음 되어

꽃 이파리 따다 접으면 달콤하게 부풀어 올라 생긋 웃을

피사체 말리는 방법에 위로가 되다니

가느다란 뿌리가 혈액처럼 가족을 찾아 뻗어가기를

굿모닝

인연들아 미안하다 나는 푸른 모닝을 탄다 연인도 잊고
모닝 안에서 아름드리나무들을 태우고 장소 안내를 한다

오피스텔 아파트 점포겸용주택 푸른 정원이 있는 전원주
택을 찾아 헤맨다

인삼 한 트럭을 싣고 시내를 돌아다니다 예술이 어려워
푸른 모닝 안에서 푸른 생선을 팔다 타일을 싣고 다닌다 타
일로 예술을 실현한다 도배지와 풀을 사다리에 걸치고 하늘
을 도배하다 다시 굿, 모닝 푸른 사무실로 출근한다

컴퓨터 자판을 두드리다 광고 전화 받다 굿, 모닝

푸른 모닝에 앉아 소주를 마신다 모든 게 가능하다는 게
믿어지니

굿모닝에는 밥도 끓여 먹고 커피도 탄다 길냥이와 푸른
적막을 끌어안는다

집필과 번역도 하고 모닝만 한 세간살이 붉은 눈물 보면
서도 아침 인사는 잊지 않는다

후회도 팔고 당근도 파는 굿모닝, 언젠가 다시 만날 때까
지 경험담도 팔고 골목도 강물도 팔자

모닝은 밤과 나의 완충지대야 굿, 모닝이지

거꾸로 불어오는 바람을 따라갈까요

뇌파의 밸런스가 자주 깨져요 한 겹 벗기고 나면 또 한 겹
의 다른 장면들이 밤을 벗어나려고 해요 송곳으로 발가락을
찌르는 듯 아파오면 똑똑 발가락을 분질러 버리고 싶죠

열이 올라요 온몸을 흘러 다니며 불을 지르죠 하나도 남
김없이 다 타버린 자리에 당신의 근육을 떼어 빈자리를 채
우죠 밤을 벗어나자고 말해요

어깨에 새긴 토끼는 언제 잠에서 깨어날까요 등뼈를 만져
주면 부드럽게 녹아내릴 것 같아요 그 토끼 속으로 들어가
나도 흘러내리고 싶은 밤이죠

길은 없고 방향만 있는 곳, 어디든 위험이 도사리지만 안
전요원의 링을 다리 사이에 끼어 놓고 매달렸어요 눈앞에서
보이는 뉴턴 법칙의 분위기가 다른 곳으로 가려고 해요

구석에서 오래된 나무가 자라고 있어요 시멘트에 박힌 유
리가 반짝 웃어요 나도 웃어 본 적이 있었을까요 캄캄한 이

벽에 기대면 곧 무너질 것 같아요 어떤 계단을 올라야 될까
요 거꾸로 불어오는 바람을 따라가고 싶어져요

　다시, 밸런스를 맞춰봐요

고분 축조 비밀

곳곳에 돌무지덧널무덤 봉분이 무너졌습니다

적석목곽분으로 마립간 지하 갱을 파고

널을 넣어 구성한 무덤 비계식

목조 뼈대를 이루고 있는 사이에

엄청난 높이의 돌무지를 쌓았던 것입니다

과거와 현재가 어울려 사는 곳

땅속 깊이 부처님은 이승과 저승을 잇고 있습니다

능과 총 고분 축조 비밀

모두 떠난 자리 바람이 현재를 몰고 다닙니다

도솔천을 건너 흩어지는 허상의 마술사

추운 그림자 숨어든 알몸

천오백 년 먼지로 일어서다 주저앉고

모든 각도 지문을 남기는 인간의 흔적을 원치 않습니다

무덤은 생존 훈련 중입니다

공부

유리병에 탁주를 넣고 곧 숙성될 거라는 자신감은 있지만
표정은 부옇다

산소와 알칼리 성분의 책 생각이 분분하다 잘못 전개되면
식탁 위 냄비 받침대로 어울릴 수 있다

차라리 책이 나달거리도록 읽기만 하는 것이 한결 낫겠다
먼지투성이 기록의 심연을 헤치고 건져 올린 바닥이 문장이
라지요

숙성은 가라앉고 아무것도 떠오르지 않는 것
아무것도 떠 있지 않은 것

겨울나무는 일정을 깨끗이 비우고 서 있다

가장 상류 언어는 봄이다

보기 위해 책을 펼치면 전철을 타고 집을 향해 깊숙이 파

고 들어간다 상류로 오르는지 하류로 내려가는지 모르고 들
어간다

　멈춘 곳이 집이기도 하고 카페이기도 하고 쓸쓸한 거리에
덩그러니 서 있기도 한다

굴러가 버린 바퀴

미스터리야, 덜 익은 것의 단맛
병풍 뒤에서 엄마는 이해하실까

성장한다는 것은

눈물에서 눈물을 떼어내는 일
흔들리는 눈동자 속으로 극지의 바람이 불어닥치는 것

굴러가 버린 바퀴처럼
울고 웃는 표정을 숨긴 채
부엌에서 졸고 있는
엄마의 꽃무늬 월남치마 속에서
여덟 명의 난쟁이가 태어났어요

옹기종기 아침을 먹고
열매들처럼 티격태격 붙어살았죠

엄마는 어둠의 단서를 찾아

깃발처럼 펄럭이며 다녔어요

슬픔을 숨기기엔
월남치마만 한 것이 없었지요

꼬투리 벌어진 씨방을 폭우가 쓸어가 버리던 날

수천 마리의 어둠이 우글거려요
비릿한 낮과 밤은 계속되었고

우리는 더 이상 자라지 않았어요

49문의 예포

상상도 못 한 발이 지구로 떨어진다
한발 두발 세 발
방향은 항상 뒤에 있었다

지명수배자가 되고
풀리지 않는 불완전을 저지하는
반응하지 못하고

밤은 접었다 펴지고
결국 아래로 추락한다
지구는 아직 멀쩡한데
발이 구겨졌다 펴졌다

수백억 년
달도 구하고, 발자국도 구하다
갑자기 산소통이 멈춘다
발을 조금씩 뛰어 봐
포인트 라인까지

주문을 외워가며 머리를 쓰는 거야

한 번 더 힘을 내어봐

도면 안에

빨간 콩알 같은 생명체가 다시 탄생할 거니까

온몸에서 품어져 나오는 그 냄새

오늘 아침에 만난 오렌지잖아

알면서도 반응하지 못했다

여유 부릴 시간은 없고

여기서부턴

사냥은 사냥감 앞에서 달려야 해

나는 너의 아이디어를 닫아 버렸다

기基

그는 수감 중이다

교도관은 잣대만 들이대고
아무것도 모른 체 검은 구멍이 되어간다

쇠창살 구멍 사이로 온 힘을 다해 교도관에게 신선한 바
람을 불어넣는다
수만 개의 비말이 검은 벌레로 튀어나온다
그대로 며칠을 잠에 빠진다

그 후 교도관 몸에
190년 전에 처음 만났던 꽃으로 피어난 전생

괄호의 여신은 고함을 지르며
갈수록 미로 속으로 편입되고
이해되지 않는 시간이 덜컹거린다
억제 시키지 못한 폭언이 이어질 때

가까스로 울음의 지름길을 알고 있던 교도관
숲에서 꿩고기를 먹고 만찬에서 호랑이울음을 들었다
그는 또 한 번 마귀와 입술을 포개고 검은 바람 놀이가 시작
누워 있던 여신은 생긋 웃으며 젊은 여신이 되어 일어난다

사형을 앞둔 사형수
신의 입김이 또 한 번 새앙쥐 꼬리를 빳빳하게 세우며
입안의 초록을 모두 뱉어낸다

사형수는 오랫동안 사형되지 않았다

내 잠 속에서 파들이 자라났어요

파김치가 되어 또 잠이 들었어요
오천 원을 들고 파하고 소리치고 있었지요
한 아름의 파들이 안겨들었어요

오빠, 오빠가 좋아 파를 심었잖아요
말하는 내 입속으로
오빠는 계속 파를 욱여넣고 있었어요
둥둥 떠다니는 파의 근성으로
제 맘대로 떠났다가 아무 때나 돌아와
파와 자꾸 뒤섞이게 되었죠

바람개비처럼 회전하는 유리문 안에서
나처럼 굴러가는 몽돌을 주워
슬쩍 호주머니에 넣었지요

몽돌을 쥐고 있으면 조금 안심이 되었죠

이곳에선 시간을 놓치고 도착한 사람들이

매일 낯선 곳으로 여행을 떠나곤 하죠

벽화 속 겨울 바다에 해일이 솟구치고 있었어요
먼저 떠난 오빠가 파도 속에서 걸어 왔어요
참복이 먹고 싶다던 날
구멍 난 호주머니 속으로 수천의 참복들이
빠져나가고 있었지요

급브레이크를 밟을수록 연소가 시작된 온몸에
자물쇠를 채우듯 열이 났어요
밤마다 파김치로 삭아 내리는 나는
606호실에 오래 정박 중이에요

간호사들의 목소리가 가늘게 떨려요
전신마취를 준비해야겠죠

달콤한 허상

형 안녕 몇 달 만에 또 문자로 인사하네
그동안 구슬 몇 개 더 채워주고 싶었는데 모르겠어

우리는 벌써 10년이 넘게 단 한 번도 사고 없이 예쁘게
피고
석 달 전에 구매했던 쿠폰 이벤트 한 번 더 진행해 볼까

선물 이만 개가 준비되어 있으니 달라고 하면 직원이 바
로 지급해 줄 거야

항상 말했듯이 나는 이 사업을 하면서 신뢰와 믿음 꼭지
표지판이 없으면 절대 할 수 없다고 생각해

처음부터 믿고 이용할 수 없겠지만 절대 후회 없도록 더
큰 믿음 리듬을 실을게

우리는 파격적인 이벤트 같은 건 따로 없어

우리가 만난 것도 인연인데 발로 뛰는 마인드로 운영하는 곳은 뭐가 다른지 비교 한 번 해줘

빨리 와;fls-3%$3.com

이거 들고;ppll

우리 겨울 재미있게 놀아보자 형

동행을 꿈꾸며

어느 먼 곳에 발자국을 찍어놓고 왔을지 모를

닭발을 먹는다

나의 아랫배는 지난 시간을 유산해 버리고

닭발 돋은 껍데기가 되었다

몇 쌍의 발을 키워서 세상 밖으로 다 내보내

더 이상 발이 없다

부러진 닭 날개 입술마저 굳게 다물어져

청각은 열려 있을까?

얼음보다 더 차가운 바람

견디기 위해 날카로운 냉기를 뿜어낸다

서슴없이 던지는 화살

웃음으로 몇 개를 막았는지 모르지만

참다못해 콜라겐 발에 도전을 한다

꺾여버린 날개

파르르 떨고 있는 닭발

마지막 함께 걸을 길 열기 위해 닭발을 뜯어먹는다

듣지 못할 생각

제12구역에서 태어난 구피 분만실
세상 위치라는 게 가고 오고, 너는 형광물질

물길로 진입한다

사방으로 말미잘 표정을 지켜본다

양수가 터졌을까 물이 뿌옇다

항생제의 함량은 늘어나고

하염없이 물속으로 가라앉는 잠

하룻밤 사이 수천 개의 길에서 헤엄치는 동작들 소독 중
이다

내용물은 전염에 취약하다

셀 수 없을 가족이 생겨
경사 났다고 영토도 확장했는데 원인 모를 죽음을 수거
한다
간절함 묻은 기도
걸어오는 목소리 나일까 너일까

늘어나는 검은 부피

소리 없이 밀고 올라오는 지느러미
어항 속 장애가 헤엄친다

지금은 윤이월 먼 길 갈 때 입을 수의, 해놓아야 된다는
팔순 넘은 노모 전화

수직과 수평적 광활한 공간을 고르는 동안, 잠들면 어쩌
지?

리오틴토

쉿!
모래 위에 찍힌 개구리 발자국
투명한 미생물들

모래 위의 내 발자국 바람에 날려가 버렸으면 좋겠어요

바람에 계단을 타고 오를 때
꽃들이 사막에 도착할 거예요

저녁 어스름에 청개구리들과 목선을 탔어요 노를 저었어요 귀를 쫑긋 세웠어요

녹음기에서 흘러나오는 멜로디에 맞춰 우리는 푸른 춤을 추었지요 불규칙한 리듬에 중독되고 말았어요 모두 주목해 주세요 장미는 원래 피지 못할 꽃이었어요

밤 12시 이비사 공항이에요
개구리들은 보이지 않았어요

잠에서 깼어요

강물은 식초처럼 시큼했어요

발작이 일어났을 때

물속에 손을 찔러보니 온통 붉은빛이에요

울음주머니는 벌써 스물네 해

스페인의 작은 화성

소문으로만 들었던 귀들을 어떻게 보관할까요

물속에 잠긴 손들이 물고기처럼 헤엄쳐 가요

가장 안전한 기상예보

발언의 자유와 스캔들 사이 예측 가능한 기상예보는 사금 파리처럼 변하기 마련이에요 기부 그건 상황이 달라 혀끝 미각에 팔다리를 접어 넣고 꼭 스스로 세상 바꾸려고 할 필요는 없을 것 같아요 우물을 팠을 때 제일 처음 나온 물은 우와 방식으로 처리하지요 지푸라기라도 잡는 시늉이죠 다 듬어지지 않은 얘기 하나 해 줄게요 유사품이 많은 아라비안나이트 담배 피우다가 잠들면 어떻게 될까 궁금해요 주문서가 틀리면 안 되잖아요 보상 같은 건 할 필요가 없어요 어렸을 때부터 잘 알고 있는 유일한 기회지요 운명에 의문을 품는 기상예보 지독한 폭설이 내려도 쉽게 관둘 순 없어요 강풍 조정이 필요했을 숨은 잠복기 들추고 후비고 유령을 쫓아서 가장 안전한 집 다른 방법이 없어요 바로 자유무역 권리 속보 고마워요

제2부

마누카 나무

뜨거운 수증기 속의 미네랄 성분이
통닭, 감자, 당근 속으로 스며든다
한 시간이면 완숙이 된다

뉴질랜드 북섬 유황온천
두 몸이 한 몸이 될 때까지 끓지만
가슴이 식지 않는다

유황 냄새에 질식해 죽은 연인들
아이스크림이 생각났을까

사람들 몸에서 연기가 피어오른다
향기가 난다 온천물 속으로 풍덩 뛰어드는 사람들

서로 체위를 바꿔 가는 마누카 나무가 행복하다

안개비가 내린다 마누카 나뭇가지가 흔들린다
산불이 나면 겉옷만 벗으면 되는 나무

지금은 봉오리가 맺혔다
팬 곳에는 프로폴리스 원액이 흘러 굳어 있다
하얀 꽃은 지열 지대를 떠다니는 난민의 부표일까
대책 없이 피었다 진다

유랑을 멈추고 물끄러미 바라본다
자욱한 수증기 때문인지 눈물이 난다
탕 밖으로 솟구쳐 오르는 사람들

면접의 일정

달은 누가 쳐다보는 것에 강하다

달을 쳐다볼 때는 질문을 받지 않고 의문을 품지 않고 목소리를 내지 않는다 달은 궁금해하지 않고 시간을 재지 않는다 조금 더 쳐다보면 달빛을 더 받는다

시인이 달을 보는 방식과 육상선수가 달을 보는 방식은 같다 아, 하고 감탄을 하고 달 속에 그림을 그리거나 달 속에 아는 얼굴을 채워 넣는다

어쩜 우리 엄마 얼굴이 보여

한 달에 두 번 보름달 뜰 때 중력의 무게만큼 애인을 그리워할 수 있다 애인은 내가 아는 사람과 모르는 사람이 다 가능하다 달의 서사는 쳐다보는 순간 시작되므로 온 누리에 가득하다

아무것도 없는 곳에서 점점 이야기가 자라듯이 달은 누가

쳐다볼 때도 면적이 달라진다 끝나지 않는 달빛이 말문을
막을 때도 아름다울 뿐이다

　실험하는 밤이 가벼워서 밖으로 나와서 함께 바라보다 잠
든다 주차장에 걸어둔 블루문 한쪽 귀에 새겨둔 면접의 궤
도가 이탈하고 있다 다음 문 앞에서 14년 후인 그때 우리 다
시 만나자

목록을 바꿔야 할 때

지문 남기는 것에 도취되면 신은 인간의 노동을 원치 않아
다리 밑엔 암모나이트가 깔려 있어

고장 난 내 시계도 하루에 세 번이나 맞혔어
여기가 어딘 줄이나 알아 집중해, 모든 각도에서 멋대로
굴지 말고

누가 지휘를 맡았지 네가 지휘관이라고
무슨 짓을 하더라도 넘어가지 마

어느 쪽을 택하겠어 끝장나지 않을 생존 훈련 중이야
문제점들을 떠안게 될 너는 아직 아무것도 모를 거야

연락처가 궁금해
앙증맞은 후임 관리인

전부 다 얽히고설켰어 우린 제발 여기서 좀 벗어나게 해줘
영상통화 하는 건 어때 개인적인 감정은 없어

그게 아니라고 생각하면 더 확장해야 해, 불필요한 것은
버릴 거야

외로운 늑대와는 일하지 마
균열과 간극을 움직이는 운송의 차이는 얼마일까
이런 기발한 생각은 포기해

실체를 더듬어보고 싶어 교각에서 이만 내릴래

밤은 좋은 시간일까요, 나쁜 온도일까요

풍선을 깁는다

바늘귀가 물소리를 낸다 가장자리에서부터 튕겨 나가는
일련의 공기 입자를 재충전한다

날개 하나에 지적장애 배가 불러도 안 먹었다 한다 램프
의 무게로 방문을 잠가놓고 잠깐 외출에서 돌아오면 모든
것이 아수라장이다 날개는 획도 맞지 않는 물구나무를 선
다, 물구나무선 채 써 내려간 반성문만 해도 수백 개 피가
거꾸로 솟아 인공호흡을 한다 저기압에 잠시 숨이 멈춘다

보이는 대로 수확물을 먹어 포식자가 되어버린 확성기,
목소리가 스프링처럼 튕겨 나온다 날마다 식구들 침묵을 먹
어 치우곤 참새처럼 공손하게 인사한다

너를 장바구니에 담고 다니다 보니 너무 무거운 현기증
언제 어디로 날아갈지 풍선 속에서 가스 새는 냄새가 난다
고래 고함을 지르며 균형을 잃어버린 잘못

밤은 좋은 시간일까요 나쁜 온도일까요

대책 없는 물음에

소문은 헛배처럼 빵빵해지고

풍선은 빵빵해진 비밀

결국 깁지 못하고

포르말린처럼 날아가 버렸다

비 오는 날 꽃피는 남자

코끼리 코는 발정 난 여우가 나가는 문이다

이쑤시개를 물고 남자의 구두가 걸어간다

코의 모양이나 피부색이 굳게 닫혀 있는 문

향수 냄새가 바깥에서 풍겨온다
이곳을 지날 때마다 야릇한 냄새, 안개 동굴
대각선으로 남자의 얼굴을 비춰보는 시간

숨어 사는 존재의 독 성분이 궁금해진다

높은 의자, 허물어지는 성곽
이곳을 지날 때마다 그림자가 물구나무를 선다
모든 건물을 기념탑보다 낮게 설계하라고 명령한다

다이아몬드 왕관을 쓴 남자
시선이 닿는 곳마다 무엇이든 녹아내렸다

사람들은 하나씩 사라지고
다이아몬드를 보기만 하면 꽃들은 시들었다

그의 입은 닫혔고
얼굴은 어느 계절 속으로 묻혔을까

유예된 저녁이 오래 머물렀다

모든 것은 돌아갈 수 없을 만큼 너무 멀리 떠나왔다
누군가의 시선이 꼬리를 가두는 무덤이 되었다

비 인칭

위험하게 걸려 있는 간판

언뜻 보면 알 수 없는, 곤충의 팔다리 같고 비켜서 보면
평범한 직선과 평면으로 보이다가

순간 곡선으로 휘어지기도 한다

두꺼운 벽을 앞에 두고 주워 담지 못할 말들이 흩어져 빙
빙 돈다

우리는 불통의 사물처럼

서로 동일한 모습으로 마주 보며 짝을 이루고 앉아 습관
적으로 내뱉은 상대의 말에 슬며시 치솟는 화와 정면충돌을
한다

딱 떨어지는 입맛에 맞출 수 없는 집합
그것의 무리수

천사와 악마가 뒤섞여 비틀대며 걷는다 몇백 개의 귀가
생긴다 깨끗한 뼈대만 원했지만

너의 완벽한 실수

잘난 간판들 덮어쓰고 탁자를 사이에 두고 앉아 다시는
마주치지 말자고 말한 적 있다

거친 입속에서 천사의 날개가 부러지고 있었다

상상 속 친구

도대체 넌 누구니
공기업 근로자
불가능 문양이 있어

메두사에 전원이 연결되고 열쇠가 작동하면 엔진이 가동
진짜 표적은 따로 있어
생존 싸움에서 우리한테 시간이 얼마나 있을까
과거에서 배운 교훈 그렇지만 욕망은 끝이 없군
즉시 내 소간으로 이동해줘
아버지 유언을 포기해야 할 것 같아

근로자들은 방패 벽 교란 작전을 할 거야
잠깐만, 모자이크 친구들
생존 전쟁 걸음을 멈추어 선다
모자이크가 죽어가면서 준 목걸이
세상은 변하고 우린 반견주의인 새로운 사냥터
견인 도시들은 모든 것을 쓸어버릴 거야
그렇지만 그대로

난 죽음에도 맞설 수 있어

남쪽 위대한 수호자 접견해 보지만 달리 방도가 있나요
함대 사령부를 호출해 출동시켜
무슨 짓을 한 걸까요
표적 좌표 확정, 이건 내가 처리할게요
신호할 때까지 기다려
온도가 상승해
코어 온도가 위험 수치 시스템을 무효화해요
발사 절차가 종료될 때
쇠락하는 도시를 살리려고 무기 파괴
도시 응답은 상상 속 친구일 뿐

미완의 비명들

버리고 싶은 순간이 굴러간다 그해 9월이 구른다 삭제된 기록들이 구른다 포장마차가 구른다 깨진 소주병이 구른다 입들이 모여 구른다 방안까지 들어온 바다가 구른다 시든 꽃이 구른다 웃음과 공포가 동시에 구른다 파프리카가 구름 속에서 섞이며 구른다 머리가 잘린 동상이 구른다 피 묻은 서류 뭉치와 부러진 만년필이 구른다 꽃송이들이 짙은 안개 속에서 구른다 빗줄기가 낭떠러지로 구르고 시간마다 구른다 흐린 날이면 내 오장육부가 통증으로 구른다 오늘이 못 견디게 지겨워서 구른다 귓속에서 엄마가 구른다 옥상 위의 아령이 구른다 눈물의 기도가 구른다 한 줌의 재가 구른다 죽음과 함께 무덤이 구른다 규칙이 겨울 속에서 매일 구른다 악수하다 잘린 손이 구른다 헐벗은 무희들이 구른다 너의 냉기가 바람결에 구른다 살아 뒹굴며 구른다 온몸이 찢기며 구른다 너를 지옥까지 껴안으며 구른다 수많은 0이 구른다

굴러간다 미궁 속으로

생태체험

아쿠아리움에 벨루가 이상한 소리를 낸다 머리 숨구멍 마우스 클릭 소리를 낸다 엇박자 특이성을 탐색해 본다 카나리아는 두꺼운 지방층 체온을 유지하고 허공 꼬록꼬록 뱉어 낸다 문제가 풀리지 않아 숨 쉬는 게 불편해 현명함 다시 찾아가는 숨구멍은 주변 플랑크톤을 다 빨아먹고 악재를 막아 주는 바다의 수호자, 물속에서 한참 동안 교감했다 바늘구멍만 한 대화를 주고받았다 수족관에 갇혀 먼 태평양 파도 속 삼 형제 서로 의지하며 살고 싶었는데 둘은 먼저 관객들의 환호 소리에 묻히고 텅 빈 수족관 안에는 혼자 된 것을 예감했다 상실된 폐부에 모아둔 것을 입에서 내뿜다 다시 삼키며 조용한 물결 흐느낀다 희석된 침묵의 눈물, 밝은 소리로 컬러링 해 본다 비밀은 지켜 줄게 이 말이 네게 닿기를 바란다 수족관에 비극적 운명 어긋난 사람들 사고방식에 태평양의 혁명사 헤엄치고 있는 곳이 갇힌 곳 지느러미만 움직이면 갈 수 있는 곳, 태평양에 지금 도착한 것처럼 희망에 부풀어 올라 밤하늘에 떠 있는 오로라를 볼 수 있는 사람들은 저를 웃음꽃으로 착각하지만 바람처럼 닫기도 전에 마침표가 될 것 같아 너무 무섭다

쇠백로

을숙도에 쓰레기 쇠백로가 둥지를 틀었어요
토사가 쌓여 만들어진 섬에 대형 조형물은 비밀의 상징이
에요
텃새로 눌러앉은 여름 철새
쇠백로 눈에서 개구리가 수없이 튀어나와요

개구리가 쇠백로 날개를 꽉 붙잡고 푸들푸들 뛰어요
거리를 갉아먹는 소리

따뜻함은 품의 원형이에요

페트병 파빌리온 제작을 기획한 쇠백로의 구조는
환경 파괴의 표상이지요

낙동강 머금은 생태공원
사람들이 버리고 간 쓰레기 어떡하면 좋을까요
공해 없는 새들의 낙원에 객들이 쳐들어와 불필요함을 만
들어요

아무리 높이 올라도 방향을 조금만 틀면
누런 페트병이 둥둥 떠내려와
지구를 병 속에 가둬요

쓰레기 물고 있는 물주름 속에 많은 죽음들은 복원되지
않고
끝없는 습지만 걷는 여름
죽음들이 배열되어 있는 흰 침대를 생각하며
뒤집힌 주파수는 힘센 오염뿐이에요

숫자탐험대

최소공배수가 있습니다 머리 위에 두상이 있고 습관성보다 습성이 독립된 큰 악어 백을 걸치면 기분이 조금 달라질까요, 약분, 몇 개의 문제, 양생 중인 치매가 보호 요청을 합니다. 첨부파일 사물들이 서로 동일한 모습입니다 짝을 이룬 포괄적 표현, 구체적 묘사 최소공배수를 입습니다 악어는 공배수 상상을 샤넬이라고 합니다

미지수가 포함된 최대공배수가 있습니다 폭우에 집중 장애인의 달빛이 될 토끼님 학대 피해 어르신을 위한 홍비임비 프로젝트는 최악, 폭염 속 어르신들을 지켜줄 더위 사냥 쿨 두상입니다 큐브 복습 공약수를 이용해서 개념, 점수, 유리수, 곱셈, 뺄셈, 혹은 사유를 던지면 어떨지 교환 바랍니다

문제 풀이 규칙과 대응 여섯 개의 숫자를 풀자 모자 쓴 악어는 분배법칙 계산기만 두드리고 있습니다 테이블은 없고 악마는 느닷없이 한 점을 찍습니다 직선, 평면, 원형, 최소공배수 반지를 끼고 전광판에서 춤추고 있는 기획, 크리스챤 디올을 입습니다

무거운 그림자 두드리고

마주할 수 있어 반가운 오늘, 어떻게 건너갈지 궁금한 내일

숫자 퍼즐은 알 수 없는 숫자만 불리고 있다

시간 꼬리

아까시 뿌리가

흰 도마뱀 꼬리를 먹어 버렸어요

파충류들은 절단된 꼬리가

말끔히 봉합될 때까지

상상 꼬리를 달고 다니죠

꽂은 물소리를 키우고

줄기를 밟고 허공을 올라가는

잎사귀들처럼 흔들리는 꼬리

윙윙거리는 바람 소리

두려움에 떨며

이것은 누구의 몸일까

벽을 기어오르는 숨소리

바람이 모여 사는 구석 자리에

미물들의 둥지가

역사를 만들어요

잘라도 잘라도

다시 태어날 시간 꼬리

열리지 않는 판도라 상자

대하왕조, 3,600개의 군群에서 가장 센 종파인 흑백학궁
에 입문
광대한 우주의 삼계를 관장하는 도조선인들 선연 대회에
서 우승하고 신들의 관심을 받는다

세계 최강의 절대자 여래불조, 보리, 적명, 후예, 신농, 끝
도 없는 공간으로 영역을 확장한다

뱀에 다리 날개, 뿔, 꼬리가 달린 동물이 태어난다
혼돈계 방대한 스펙터클 사공이 많아 산으로 간다

'천선'의 경지에 오른 천재도인 중 한 명 흑백학궁 문도
'천선'들이 진법을 구성한다

천, 지, 인, 삼계 관장하는 세계경 현생 저승 내세까지 관
장하는 행성 대하왕조
수억 년과, 수억 킬로의 거리는 옆 동네 가서 하룻밤 놀다
오는 개념이다

수조 년이 되는 한 번의 혼돈, 기를 십만 번도 더 사는 대
우주 나이 130억 년
　현대 과학적인 상식다락방에서 알 수가 있다

　광대한 우주 속에서 예측할 수 없는 여러 갈래
　100년도 못 사는 먼지 같은 삶 끊임없이 태어나고 사라
진다

아이와 퇴마사

질병을 앓고 있는 몸속에는 삼대에 걸친 윗대 할아버지 할머니의 영혼이 살고 있다 태어나지 않은 여자아이와 미물도 서로의 살 속에서 호흡을 빼내고 있다

바람의 꽃밭에는 윤기 없는 날개 유선으로 날아오른다 갑자기 돌변하는 소용돌이 울음의 파문은 번개보다 무겁다 한 폭 그림에 낙관이 찍혀 있다 스스로의 화폭으로 생애를 함구한다 빙의가 문을 두드린다 무수한 빗방울이 얼룩으로 빗발친다

향불을 피워놓고 갖은 음식들로 망자들을 달랜다

고양이는 병풍 속에서 마른 입술을 핥고 있다 퇴마사가 불을 붙이자 화선지가 살아서 날아간다

순례자가 잠에서 깨어나자 환생이었다 비를 몰고 다닌 늦은 시간 속에는 바위가 움직이고 나무가 걸어가고 있다 물관 속에서 미래의 시간을 흘려보낸다

제3부

왼손으로 글을 쓰진 않죠

202208....03.Jpd 유효기간-08,30
용량,2.88mB

누가 강요했습니까

202209....5.mp45 유효기간-2022,08,300
용량.87,11mB

지나치게 성급하시군요

202208....1.mp46 유효기간 2022,08,30
용량 82.09mB

서사가 참 특이한 것 같소만

곰 발바닥을 익히거나 가죽을 벗기기 전에 밀렵꾼들은 우
리 안에 목을 밀어 넣을 때가 있지요

구체적인 윤곽을 드러내 문제는 감쪽같이 격리될 것 같
아요

표정이 스몄다 빠져나가지요

정반대의 도약은 숨을 곳이 없어요

원래 정리되었지요

벗겨진 횡단보도 하얀 선 안에 갇혀 비를 맞고, 나를 세게
때리지요

정신없이 지지고 볶고 악수하지요

위장된 말들이 키보드에 손을 올리죠

왼쪽으로만

돈다 돈다 자꾸 돈다

쌍둥이 할머니 가족 된 지 18년

발바닥은 바닥을 짚고 있지만 한 걸음 더 걸으면 죽음이
라고, 꼬리는 제자리로 돌아가기 위해 구멍만 있으면 머리
를 처박는다 정신 돌아오면 주먹을 불끈 쥔다 기우뚱한 방
향 왼쪽으로만 돈다 거친 숨소리도 수몰될 머릿속에는 갈림
길이 몇 개나 들어 있기에

몰아쉬는 숨소리는
거친 수식어 조금 남겨놓고

언어를 수신호한다 어느 계절에 머물다 다시 올래 일요일
아침에 다녀간 베짱이는 눈에서 레이저를 쏜다 참새는 잠시
도 입을 다물지 못하고 능구렁이 혀 날름거리자 청개구리는
폴짝폴짝 이방 저방 갔다 왔다

결국 작은 어르신이 눈을 뜨고 숨을 거둔다

조용한 의식 속 제일 예쁜 하얀 실크 드레스를 입고

인형처럼 누워, 좋아하던 고구마와 삼계탕으로 제를 지
낸다

장난감과 약봉지들이 흐트러져 나뒹군다

단지에 이름표를 달아주고

텅 빈 곳은 어디든 네가 왼쪽으로만 돌던 곳 오른쪽 좌우
로 맘껏 훨훨 돌아라

우리 모두 그대로 걷자

대곡댐 수몰 위기에 처했을 때
초락당으로 이건해 온
백련정 백년서사 수옥정
초락당 백년서사에
최남북의 도와문집 목판 141매가 숨을 쉬고 있다

수옥정을 감싼 한의원 앞마당
진찰실 차실 황토방
세면실에 흐물거리는 검정 수제 비누
숭늉 수증기가 궤도를 이탈할 때까지
따뜻함 얹어둔 아침

우리의 근원이 그 며칠이었구나

낯선 과열
먼 길을 걸어온 발바닥에 물집이 생기고
지름길을 모르는 초침만 정직하다
휴대폰 콘센트에 과자부스러기 흩어지고

정원 구석 가지치기하다 만 감나무
익은 감 하나가 우리들 표정을 읽느라 바람을 말랑말랑
익힌다

나의 여행을 도우려 가방을
500번 버스 종점까지 배웅해 준 바퀴
버스를 기다리다
삐거덕거리는 나무 의자에 무작정이란 이름을 새겨둔다
낯선 공기들과
사원에서 가져온 기억
여드레쯤 우거진 빨간 단풍나무가 아쉬움을 내포할 때
우리는 각자의 숲으로 가기 위해 봉고에 발을 올린다

움직이는 법칙

공기 중에 질소와 산소가 잠복해 있다 태양이 쏟아져 나
온다
나무들 물고기를 토해낸다

원형에 내접하는 스태프는 물고기를 입증할 틀 설득력은
자연과 흡사하다
어민들의 소득 깊은 웅덩이에서 나와 더 엉킨 어두운 조
명 속을 걸어간다

사회현상 이론 기피 현상일까

상품을 시장에 내놓고 두 개의 날개 방목 마케팅이 선명
하다
유통업체들은 주축을 이룬다

오프라인 서점 반스 노블, 인터넷 아마존 희귀 도서
상의 절반은 방어 자세를 취한다
꿈은 여기에, (꿈은 어디에도 없다) 이 둘은 자아다

최소량의 수는 진리, 흐트러져 정리된다

판토마임 공연티켓, 빨간 트럭에서 승전고를 울리는 하얀
승용차 이야기 살짝 해본다 냉동 200년 냉장 200년 도합
400년의 기억은 검은 리본을 단, 얼굴 없는 공동묘지

흰 침대들의 기준은 기습적인 반란

간단한 경로, 파편이 호흡기 안으로 들어와 살고 있다
욕망은 새로 유도된 물질 차례로 풀어보며 차이점을 생각
한다
쉬운 방법을 택하고 살점을 보인다

결국 두 개의 진리는 귓불을 붉게 세우고 교합한다

그렇지만

바다는 더 깊은 괄호 속이다

위험한 항구

알몸의 서핑 타임

잔뜩 성난 상어들과 파도 위를 질주한다

눈동자는 비린내가 넘실대는 먼 끝을 본다

상어가 그물에 걸려든

파라솔이 좁은 통로를 이어 붙이고 있는 이해 불가능한
바다

자갈치시장 끝에서 끝까지 몇 번을 왔다 갔다 했을까

물속 같은 시장 안으로 끌어들인 바닷물이 출렁인다

나는 지느러미도 없이 수면 위에 반짝이는 햇빛의 파편들
을 본다

물결의 표정들, 급류에서 떨어지는 그림자, 투명한 뼈

비가 쏟아진다 빠르게 사라지는 빗방울들

당신을 수소문해 보았지만

결국 물 밖에서 가쁜 호흡을 내쉬는 당신을 발견하고 나
서야

나는 비린내로 숨 막히는 통로를 빠져나왔다

이백 년 만에 뜬 개기월식

태양은 어둡게 돋아난 안과 밖의 분석보고서다

장엄하게 백련구곡가가 의문을 낳고

진화하는 한약 냄새 침대에는 스물여덟 개의 혈이 흐르고

늦은 밤 눈대중으로 틀어놓은 음악, 골라인 안으로 빨려
들어가는 농구공 같다

삼일 동안 머리끝으로 만난 대침은 13월이 숨어 있다 백
해에 치매 예방을 향해 경주했고 역방향으로 음과 양이 흐
르는 배경에는 탁한 혈만 먹고 산다는

우리는 밤늦게 넝쿨 동굴 속으로 한꺼번에 쏟아졌다
귀만 쫑긋 세우고 액자 안의 많은 초서들은 입을 다물었
다 제목은 모두 가짜였다

불쾌한 언어는 초록당 황토 향이 깊은 수면을 취하게 했다

어색함이 입을 다물었다

무명의 꽃들은 다듬어지지 않은 빈 눈알만 쪼개고

달이 지구의 본그림자 속에 완전히 들어갈 때 개기월식이
나타났다 붉은 꿈을 바꾸려고 머뭇거렸다 옆자리를 지키는
것만으로 부족해 시외버스를 타고 편지를 띄웠다 6시 25분
에 발차합니다 곳곳에 숨겨둔 비밀문서 같은

이백 년 만에 뜬 달 안에는 암모나이트가 숨어 있었다 어
떤 나라에 가든 지구의 운동량은 0으로 보존하고

다시 1부터 상승을 시작한다

이쯤에서 저쯤까지

강물에 검은 잎사귀가 흘러간다 야경과 손가락 사이에서
흘러나온 검은 공용어를 쓰는 물은 바닥을 보이고 땅은 갈
라져 있다 플라스틱 옷걸이에 걸린 숨소리 살점 하나 남아
있지 않다

앞뒤 색깔이 같은 토마토

한 쌍의 오리가 자맥질을 하고 있다 백발 지팡이가 땅을
내려친다 진흙탕 튀어 오른다 옅은 안개를 파먹고 구름을
파먹었는지 구역질을 한다 입에서 시커먼 물고기가 튀어나
온다

토마토가 말라간다

폐수가 하얀 물방울을 휘날리며 쏟아진다

강물을 잘둑 잘라 그물에 걸어 놓는다 자전거가 야경을
달린다 동그라미 두 개가 구르는 사이로 빗살이 튕겨 나온다

나무그림자를 호주머니에 넣고 다니다 무거워 물속에 잠
기면 빛이 내 주먹을 꼭 쥔다

한참 동안 별들을 잊고 살았다
아이들은 보이지 않고 발자국도 없어 행성들이 웃고 있었
다 강물의 손가락이 자랐다

뭍에서 보낸 등기가 배달되었다 봉투를 뜯으면 흩어지는
하얀 눈동자

손금처럼 갈라지는
흉상의 소문에 반쯤 파묻힌 뼈다귀를 줍는다

초록 가시

빗길이 더 높아지고 있어
숨기지 못한 너의 표정이 푸른 잎사귀 위를 구르고 있잖아

목탁 소리를 내며 소나기가 내리고
성당은 우리에 대한 얼마나 많은 이야기를 알고 있을까

감정의 빛깔 따라 걷다 보면
또 다른 계절의 밤을 벗어나고 있지
그날 손을 놓친 건 우리들만의 비밀
끝이 나도 끝내지 못한

마지막 떠나기 전날
전화벨만 울렸지

우리가 사랑할 때를 기억하고 있을까

서로에게 건넨 말들은 빨간 봉투 안에서만 맴돌고
바스락거리며 사탕 껍데기만 만지작거렸어

순간, 다정해지기도 했지

이젠 그 이야기를 묻지 않을게

다시 만날 수 있을지 모르겠다던
너의 모호한 대답을 알아차려야 했지만

지금도
너를 떠올리기만 하면
젤리 사탕처럼 달콤하고 소소한 그날들이
끈적끈적 달라붙는다

캐리어

남포동 옛 구둣방 골목에서 캐리어를 끌다가 바퀴가 빠져
버렸다 어둠이 질퍽거리는 자갈치까지 캐리어를 달래어왔
다 북적거리는 인파가 못마땅한 듯 눈을 내리깔고 삐딱하게
앉아 있는 캐리어

세계지도 어디쯤 비린내 나는 골목에서 여행이 고장 나
있다 캐리어가 멈추어 있다 불안한 길 위에서 캐리어는 더
이상 따라오지 않는다 나도 캐리어를 따라가지 않는다

짐을 풀어야 하는 곳이 여기일까 여행은 고장 나고 등받
이 없는 의자에 앉아 눈에 보이는 풍경을 따라간다 사람들
의 뒷모습과 앞모습이 엉킨다 어떤 물고기는 배가 갈라진
채 값이 올라가고 어떤 물고기는 겹겹이 계단을 쌓고 있고
어떤 물고기는 파도의 기억을 다 말려서 제값을 치르고 있다

사람들의 말이 서로 엮여서 유니크한 랩을 한다 좁고 구
불거리는 골목이 오래된 랩을 하며 질퍽거린다 꼼장어가 몸
을 뒤틀며 랩을 한다

캐리어가 아까부터 삐딱한 어깨로 리듬을 탄다 멈춘 곳이
짐을 푸는 곳 짐을 푸는 곳이 마음을 푸는 곳 나는 등받이
없는 의자에 앉아 꼼장어처럼 유연해지고 있다

파란 사과가 있는 방

비밀의 방이지만
암호 같은 건 필요 없어요
첼로 켜는 인형과 긴밀해질 뿐입니다

탁자 위에 촛불 흔들리고 있어요

무슨 일인가요

커튼 뒤에서 잠깐 기다려 줄래요 낯선 소리가 들려오는
것 같아요 한 번도 들어보지 못한 첼로의 연주곡인지 정확
히 들을 수는 없어요 파란 사과가 담겨 있는 접시와 빗물 머
금은 노란 소스 아직도 구름이 장난친다고 생각하나요

세찬 바람이 불어와 옷이 찢어지고 모자가 날아갔어요
빛의 속도를 생각해요

몇 개의 접시를 깨뜨려야 소리를 들을 수 있나요 특정한
리듬에 중독되었을 뿐이에요 처음부터 다시 시작할까요 이

제 당신의 표정을 정확히 읽을 수 있을 것 같아요 우리끼리
만 아는 유일한 비밀이에요

　아직도 춤추고 있는 인형
　당신을 알아보고 반색을 했고

　나의 접시는 끝없이 쌓여만 갔죠
　문은 열려 있는데 누군가 계속 벨을 눌러요

　오늘은 여기서 묵어야겠어요 발을 헛디딘 것뿐인데 혹시
누가 숨어들었을까요

　당신의 냄새가 나요

파이널판타지

　포자를 털어낸다 최초로 이어지는 젖은 이야기 결빙 아동
최대 수 증가, 복도는 끝없이 이어진다 일기예보 혀끝을 파
고들고 얼음처럼 미끄럽고 차가운 생각이 흘러내린다 아쉬
운 프로모션, 순백의 여우 게시판은 언제부터 시작된 것일
까 지나치게 반듯한 세계가 내 손에 들어왔다 좋아하는 장
르와 공기 속의 무수한 알갱이들

　컵라면으로 끼니를 때워야 하는 남매, 무거운 생각들로
괄호를 친다 도망 못 가게 슬픈 한 토막, 달력에 동그라미
치고 온몸 마디마다 남매의 아픈 프로모션이 진행 중이다

　작고 파란 꽃
　힘없이 떨어뜨린 나무젓가락
　바스러질 듯 깡마른
　아무도 접속하지 않은 최후가
　부식된다

　우리 시간에 펄럭이는 많은 실수

굶은 배 채워주고 옆자리를 지켜주는
산복도로에 마지막 한 채 남은 집을 찾아가
문을 가만히 두드린다
마지막 장면은 움직이지 않는다

색깔 없는 비릿한 냄새
알레고리를 넘어선 애정결핍 남매의 특수화

컵라면 용기에 낱말의 수만큼 빗물이 쏟아진다

팔뚝

여러 개의 화음이 바람을 데리고 다니다가
3등분 기구 밖으로 떨어진다

7주 동안 팔은 부재중

깁스 풀고 나면 시원할 줄 알았는데
갈증 난 엇박자 바람의 체조를 한다
거울 앞에서 손가락을 양쪽으로 번갈아 가며
이탈한 궤도의 부기 얼마나 흡수되었을까

지금 결핍된 균형은 무얼 하지

바람 들어간 무처럼 무꽃 언제 필까

달력을 넘긴다
지금까지 건조한 나날
달력을 더 넘겨도 내가 찾는 숫자는 없다
반항하는 기구 지나가는 공기만 스쳐도 몸은 열을 품으며

어려운 보도 인터넷 서점에 게재할 토픽
조정하며 페이지 안에서 하얗게 흔들리는 나무다
괄호 안의 활자 언제쯤 정상으로 돌아올까

온도를 체크하며 파스를 붙인다
비상구비상구
강도 높은 중력을 이기지 못해

복원되지 않는 물리치료 찜질 원적외선 관계들이
안쪽에서 백색소음이다

제4부

혼자 굴러떨어져

신발은 허공을 더 많이 걷는다

땅을 걸어가려는 그네는 번번이 실패했다
하늘을 날고 싶음 무성해
중심에서 멀어지는 굽

오른쪽으로 몸 날렸는데
왼쪽 손바닥 짚고
결국 한쪽 팔을 도둑맞았다
지켜보던 얼음 새가 야광별을 만들며 일으켜 주었다
공원 벤치에서 비명이 부서질 때
울음이 윙윙 때로 덮쳤다

깁스가 일교차를 심하게 만든다

상처 난 구멍이
짙은 안개를 걷고 좁혀가는
긴 터널은 오래도록 사막화되었다

전율을 저장해놓은 어눌한 손놀림에
무딘 잎사귀 태어나 스펙트럼으로 터진다

이제 안전거리 미확보에도 바람 소리 들리지 않아
허기진 소통은 움직일 때마다 수척해진다
다 지났다고 생각했는데
내 꼴은 아직도 혼자 굴러떨어져 있다

도시의 하이에나

시멘트로 세운 도시에
굶주린 하이에나 떼가 몰려다닌다

따끈하고 싱싱한 부동산 광고를 올린다
숨도 고르기 전에 하이에나 떼가 광고판 살점을 낚아채
사라진다

약삭빠르고 비겁한 사냥법에
산산조각으로 찢겨나간 부동산 매물

고기 한 점이라도 남았을까
기대해 보지만 한물간 정보는 이미 부패되고 있다

부동산 광고는 가장 기름진 살코기
뼈 한 점 남기지 않고
닥치는 대로 먹어 치우고
또 다른 매물을 노리는 하이에나들
물고 늘어지는 턱이 날카롭다

먹히기 위해 세상에 걸리는 광고

컴퓨터 자판 앞에 앉아 출렁거리는 문구를 걷어낸다

사냥을 하지 않고

먹이를 빼앗는 그들의 노련한 사냥법

누군가의 입질로 썩어버린 내장이 악취를 풍긴다

냄새를 맡은 하이에나가 또 몰려오고 있다

카무트

당신은 왕의 밀 무덤 속에서 4천여 년간 함께 살았다

왕의 무릎뼈가 고대 이집트 피라미드에서 밖으로 나갈 때
함께 나갔다

어둠 속에서도 눈의 세포들이 만찬을 펼쳤다

겨울을 건너가려 만삭의 피가 거꾸로 흐른다

방향 바꾸려 발아 중, 불꽃이 순식간에 꺼져버릴 우려에
붙어 있는 건강

이율배반 블랙홀로 빨려 들어

어디서부터 날아왔는지 세포 향기와 웃음소리 합류한다

소통의 방식에서 빠져나와

무게와 힘이 0으로 되돌아가 효소 뿌리는 젖어 있다

삶의 기록은 모호하고 그저 빨주노초파남보 외계에서 오
는 신호

모래바람 무늬 비상을 향해 물 한 방울 먹는다

승학산 중턱 억새꽃에 기록되어 쫄깃한 성장을 자랑하고

돌에 새겨진 표지 강렬하다

무학대사와 학이 손잡고 바람 따라 일렁이는 대장관

낙조 조망 플랫폼으로 신속하게 당신을 잠근다

레드 케이브 쉬림프

작은 어항 속 팔딱거림이다 숨어 있는 것에서도 좋은 생선 먹고 사는 사수자리가 있다 오타가 생기는 순간, 색연필로 대담하게 뜯어내고 커스를 끊었다 눈에서 모래알이 흘러내린다 라이브락 사이에서 불빛을 피해 시신만 먹고산다 전생의 업 프롤레타리아의 세상에서 살아가는 네 모습을 보면 간이 베인 붉은 벽돌 유리창 활자들이 참회록에 떠밀려 간다 영업을 부도내기 직전 인터뷰 중 마이크에 호흡이 닿지 않아 안경을 벗는다 뿌연 도시의 우물은 깊었다 구겨진 지느러미 펼치려 버튼의 관성 쌓여가는 동안 다른 정류장으로 간다 셋이 넷으로 보이고 렌즈는 뭐가 좋을까 정확히 이해하기 위해 타원형 지구 어디쯤에서 파란 싹이 돋아 다시 살아날까 체감온도 세포들이 인식하지 못하는 데서 걸어오고 있다 상징어라는 레드 팔을 파먹고 환경을 혼돈케 한다 화려한 줄무늬의 상징어 나르시시스트 아름답다 못해 이념의 창시자가 나르던 위험한 힘에 파묻혀 파운드 좋은 산문이 집중했던 삶, 어설픈 직업윤리도 약해졌다 어깻죽지 위와 목 높은 도수 큰 바위를 뜯어내도 찐득이는 붉은 나트륨 오리온자리가 된다 뒤에서 두 번째 좌석에 앉아 속도에 매달

리려 시속 180km로 부지런히 달려가다 모래시계를 뒤집어
놓고 풀을 들치는 수억만 광년의 바다가 있었다고 레드 케
이브 쉬림프가 붉은 물방울을 뻐끔거린다

결정론적 요소

이 도시의 지배자는 신전이 아닙니다
신전은 선착장 관리자일 뿐
주술적인 다툼이 생기면 치안대가 출동합니다

파동을 일으키는 것은 허기진 사람에게만 보입니다

실패가 예정되어 있는 완벽주의
무한대 자유와 무한대 위험 사이
일상이 가득하다는 말은 체험된 화해일 뿐

주변 사람 찾기는 내 주변에 텔레그램 사용자가 있는지
확인하는
예정된 전쟁 범죄에 악용될 위험에 벗어나지 못합니다
아무것도 일어나지 않는 위대한 시간이
완전한 평화와 조화 수천 년

분단은
흐린 눈을 가진 괴물을 혼돈케 합니다

오물 쓰레기 풍선 울부짖는 소리
퇴행의 주문은 받침 하나 없는 미학의 한글 시간
파동 일으키는 명상이 세계로 뻗어가고 있습니다

암호가 비밀을 자꾸 뱉어내
가장 예리한 문장을 각오합니다

가짜에 속지 말고 끝까지 가는 겁니다
흔들리는 실패가 예정되어 있는
턱에다 사흘이 멀다 하고 미사일, 핵실험
겁 많은 개가 컹컹 공중을 물어뜯으며
빠른 속도로 붕괴하고
끄떡없는 횡설수설

공룡동산

공룡들의 나르시시즘은 세계로 스며든 체온이다

레일 위에서 본 한반도 공룡시대 발자국 화석 공룡 뼈와
근육 분화석 탄생과 삶 다양한 공룡모형 현장감을 높인다
가위바위보 한국어 유창한 세계 공룡들 상상 속의 동물 고
대어 파충류다 큰 눈 깜박거리는 새끼 공룡과 대화 중 잠깐
한눈팔다 답신을 잊어버렸다

운율의 움직임 짐작대로 내구성이다 제 갈 길을 꿈꾸며
반복적으로 돌아가는 우주, 수억 권의 책 발자국을 채집하
며 연구하다 지상에 없는 짧은 문장을 혼자 지껄이고 있다
거대한 몸체의 역동적 직관의 합만 있을 뿐

성장을 거치지 못한 시간 텅 빈 정체성을 찾지 못하고 작
은 공간 집중력이 유리창에 방글거린다 먼저 배우고 싶은
글자가 회전하다 밤하늘 북두칠성 지워버린 논리적 합리성

움직임은 공룡 마을이란 이름

오래전 공룡 발자국과 화석 교육시키는

기원전 몇천만 년 이전 암벽 광물을 성숙시키는 공룡의
울음 동산

설화의 신비로운 화성 광장에서

시간은 한 번도 머무르지 못했고 머무름은 한 번도 시간
을 잡지 못했다

학교 펜션

몽돌 위에서 나비잠을 자고 있을 때 마술피리를 부는 소
년이 있었어요

초대장이 왔어요
이수도 선창가에서 렌탈 배를 타고 섬으로 들어가요
초록 지붕 위의 학교는 한눈에 들어오고

담을 타고 도주하던 도둑고양이
여학생 속옷을 훔쳐 쥐고 손을 흔들어요

나무 평상 위에는 참새들이 날개깃을 세우고 개회 선언을
하고
축사를 하는 녹색 원피스를 바라보는 눈
저 애가 이 학교에선 유명했어요
우리들이 자라면서
학교는 펜션이 되어가고 있었어요
교실은 우리들의 웃음소리와 발자국을 털어내고
칠판은 뭍으로 연결되는 배를 만들었어요

최신가요를 듣다가 언제 사람 될래 소리에

먹은 걸 다 토하고

단풍잎을 수첩에 가지런히 모아놓았지만

잎사귀 들락날락하다 보니 푸른 시간은 말라 버렸어요

우리가 흘린 코는 동굴로 우거졌어요

그 많던 나비는 다 어디로 날아가고

벌들은 어디서 꿀을 빨고 있을까요

나비를 쫓아갔다가 길을 잃어 버렸어요

몇십 년 잠에서 깨어나 보니

기타 토의 중이네요

테이크아웃 캐리어

커피도 들고 나가고 낭만도 들고 나가고 포즈도 들고 나
가면
에코가 바깥에 울려 퍼져요

남는 손을 만들어서 오늘을 또 재생할 수 있거든요

계속 다투어도 합의점 없고
트레이닝 충돌도 아니잖아요
흑심은 검은 감정을 불러일으키지만
게임은 백지로 단맛을 키우는 심한 장애지요

포터필터 자동 클리너 나를 불러 세워요
98, 98, 5, P E T 투명컵 50人 × 20 + 10=공기 맛이 압도적
깊아야 할 애증

바닥에 눌어붙은 파란 신호등이 달려요 빨간 신호등 앞에
서 그림자를 떼어두고 돌진 처음에는 내심 정해 둔 이름이
있었지만 흩어지지 않고 무언가에 닿기 위해 교차로는 X자

를 그리고 곡선을 그려요

　노란 무의식 날카로운 촉수로 거칠게 떠다니거나 사라지
거나 생명체 알게 되는 새로운 전략으로 삼았어요

　첫머리를 보자 구어체 섬유질로 번지는 이 감정 걸음을
멈추면 덩그러니 놓인 무생물 표면을 매만져요 완성체를 만
들기 위해 자수성가한 지문에서 해독한 자동 클리너 순환하
는 지름길을 알아 별문제가 아니라고 생각하는 것, 좌우명
이 아니었을까 생각해요 근대를 향해 달리지만 지금은 호흡
이 멈추었어요

　과도기 랍비라고 생각할 수밖에요

　밖으로 들고 나가면 문제없어요 남는 손은 문제를 풀어주
니까요

거침없이

크고 작은 긴장이 오동잎처럼 퍼질지 궁금해요

긴장의 수위는 아주 어려워 주권에 관한 문제도 통일하지
못하는 국회, 매일 나오는 허위 정보 뉴스 마음대로 부풀려
TV 채널만 돌리면 과격한 언어들이 우후죽순 피어나요

구름처럼 변하는 심정 주변 현상들 구체적인 현상은 보이
지 않아 점과 점 사이에서 자유로운 이동이 문제예요

종점- 갇혀 있다 한 문장 비유하더라도 흙투성이나 상처
투성이가 되는 언어예요

친애하는 이웃들 높은 사다리가 희망인가요

더 큰 목소리에 까마귀가 날아가다 떨어져 바닥에 있는
작은 손금에서 실마리를 잡았어요

잔 목소리가 끼어들어 그녀가 받아버렸어요 서로 말없이

기다리는 동안 상처엔 피가 흐르고

　뒤늦게 우동을 건져 올리려다 망둥이 꼴뚜기 그릇을 비워
요 큰 자리를 차지하고 사상의 우주론과 대책 모의는 콧구
멍만 해요

　내재된 세계를 재구성하는 함축과 압축 생명력과 교합된
지퍼 바람사상 우주론 사회병리 현상이지요

　오동잎은 탁상 없이도 잘 펴져요 시원하게 부채질까지 하
네요

　숟가락 젓가락 사고파는 방물장수 해학적인 웃음에요
　제대로 혀를 찔렀어요

그것은

전원을 뜯어고친다 빨간 들녘에 헤밍웨이의 시작을 걷다
가 혼자라는 사실에 외로움으로 피어나는 파악

아웃백에서 와인 잔을 부딪치는 서툰 음 되풀이되는 형식
모이고 흩어지는

아직 오지 않은 사랑을 데리고 사랑이라고 서사가 운영되
다가 내성이 생겨 잎에 옮겨붙는다

서로 낯설어지기 위해 끝없이 대꾸하고도 하루만 살아도
여한이 없다 반어법을 휘갈긴다

밤의 들녘엔 청보리가 다행이라고 날씨가 죽도록 좋아서
분홍색 팬티를 뒤집어쓰고 밭두렁에 열린 콩을 먹어 치울
때쯤 고라니 한 마리 뛰어오며 하는 말

허물을 벗으면 누구나 해골바가지 심해어가 되고 말아

부끄럽고 서투른 이야기 되풀이되자 북극에는 세계기록 보관소가 저장되어 꿈자리까지 발명하는 동안 촛불을 들고 부서진 얼음의 머리를 쓰다듬으며

안전속도 5020 속도를 낮추면
무게의 우산을 함께 써도 적당한 상징어다

지각적인 경험 간격은 느슨해지고
숨통 묶었던 봄바람 날개가 화장기 없는 얼굴로 몸을 일
으킨다

대화의 손을 관통하고 그림자로 눕는 그것은

치자

노랗게 눈을 뜨는 수채화, 눈비 내리는 겨울

베란다 박스 안에는 헌책과 신문지 위로 아직 태어나지 않은 생명들이 때를 기다리고 있다 여자는 컴퓨터에서 가장 허기진 서랍을 정리한다

안전 수칙 지키며 종일 리포터 쓴다 보고서를 어디에 제출할 것인지 프로그램에 열중인 그녀 옆에서 텔레비전 화면이 혼자 징징거리며 운다

남자는 속살을 보고 싶은데 노란 꼬리가 잠시 나풀거리더니 문을 쾅 닫았다 소파에서 얕은 잠을 자던 남자는 혼자 중얼거리며 애먼 물을 발로 차버린다

텍스트의 내용을 안 따라주니 이제부터는 성과 없는 노예가 되고 쉽지 않단다 그렇지만 오늘은 메리 크리스마스

비커 속의 물이 고갈되고 다시 몸체에서 뜨거운 수증기가 올라온다 노란 기억이 증폭되면 노란 일만 증폭된다

뜨거운 열정이 유효한 노란 삶에 오염 폐수가 링거병으로
묶여 있다 비커 안에는 크리스마스 파티의 축하곡이 릴레이
되는 동안 파스쿠찌 진열장 안 작은 탁상시계 시침이 정지
되어

분침 거꾸로 지구 몇 바퀴를 돌며 세계를 창 사이에 끼어
하늘을 본다 견우직녀 창문 틈 사이로 굴러떨어지고 기차
레일에 으깨진 석양이 어디쯤인지 가늠해 보는 무언의 관계
들 노란 파도가 된다

계절의 공간에 테마처럼 누워 주고받는 사이로 고사리손
이 질서를 굴리고 있다

사랑이 익어가고 있는 정원

거울 속에서 아이들이 뛰어나온다 여덟 개의 작은 화단이 달그락거리며 분수처럼 치솟는다 음악에 맞추어 키 고르기를 한다 노랑 파랑 칸나 입술만 내어놓은 채 거울을 보며 화장을 한다 모가지 비틀며 얼어버린 봄, 뒤뜰 자목련은 유학파, 앉으면 책과 씨름 엄마 가슴에 검은 커튼이다 겨울날의 곪은 근육들이 일제히 곤한 잠에 빠져 있을 때 당신은 멍석에 앉아 콩을 콩콩 두드린다 콩 껍데기 숲에서 새파랗게 슬픔은 자꾸 태어나고 죽는다 발효된 장독 뚜껑을 열면 숙성되던 눈물이 날개를 달고 항아리 속에 마늘 귀 잘라 넣고 눈을 빼 넣고 재빨리 닫아도 뚜껑은 동상이 걸려 입술부터 전염된다 태엽을 사랑의 하얀 지팡이 도랑에서 굴러 검은 핏물을 쏟아내고 삐거덕거리는 대청마루 위에서 숨죽이고 있던 큰 눈이 숙성되어 간다 간격을 좁히며 겨울을 통과하는 중이다 상자에 넣은 온기 아직도 알에서 부화하고 정원에서 바라본 도시 거대한 얼음사막이 콧김을 내뿜는다 농번기가 번식할 때 내용을 이해하기 쉽도록 편집한 여러 갈래로 깨어진 빛들이 허공을 만지며 꽃들의 아우성 속에서 몇 개의 수묵화가 완성된다

이탈로 가능한 re-cycling

황유지

(문학평론가)

이 세계는 어떻게 움직이는 걸까? 세계에 들어찬 온갖 것들을 물질이라 이름하고 물질(성)이 세계를 움직인다고 할 때 그건 어떤 형식으로 증폭하거나 소멸하고 순환할까? 물질은 스스로 그러할 수 있는가? 만약 물질이 모종의 '능력'을 갖고 있다면, 인간은 어떠한가?

대체로 인간은 세계의 순환에 대해 일정한 흐름과 방식, 그 방향과 경향을 예측하고 그리하여 미연의 사태를 대비하는 방향으로 움직이고자 한다. 그런데 정작 이 세계의 모든 물질이 예측할 수만은 없는 상태, 비결정적 상태라면 인간은 무엇을 어떻게 할 수 있을까?

김미순의 이번 시집을 읽고 난 뒤 나는 어떤 모형을 하나 그렸다. 꼬리가 맞붙은 물고기의 모양을 하고 내내 순환하는, 뉘어 놓은 타원의 한쪽을 붙들고 다른 한쪽을 반 바퀴 꼬면 만들어지는 무한대의 모형을 모르는 이는 없을 텐데 나는 그 위에 보태 화살표를 그려 본다. 그것도 여러 개를. 이 무한대의 곡선이 '흐르는' 중이라고 할 때, 거기엔 무수히 운동성과 방향성을 가진 화살의 머리를 그려 넣을 수 있겠다. 그런데 그 화살이 어떤 구간에서는 그 간격이 좁고 어떤 곳에서는 넓다. 화살표는 매끈하게 흘러가다가도 불뚝대며 바깥쪽으로 조금 틀어지기도 하고 또 어떤 것은 안으로 제 머리의 방향을 살짝 돌려 놓는가 하면, 아예 반대 방향으로 돌아서 마주 오는 것과 충돌을 예비하기도 한다. 화살 머리의 비결정성으로 인해 이 무한대의 모형은 엄청난 긴장 상태에 돌입하는 것이다. 전체적인 형태 역시 전혀 완전하지도 안정적이지도 않으며 화살의 방향이나 힘이 달라질 때마다 원 모형의 유지를 위해 안간힘을 쓰는 모양새다. 그러니까 "지나치게 반듯한 세계"(「파이널판타지」)를 손에 쥐고 살아도 되레 "뇌파의 밸런스"는 "자주 깨"지고(「거꾸로 불어오는 바람을 따라갈까요」), "오른쪽으로 몸 날렸는데/ 왼쪽 손바닥 짚"듯(「혼자 굴러떨어져」) 곧잘 "우리는 불통의 사물"(「비 인칭」)이 되는 순간에 놓이곤 한다.

세계가 매끄러운 순간들로만 구성되는 게 아니라는 그 사실

만이 유일하다는 듯, 예측을 벗어난 순간으로 채워지고 바라
건만 오지 않는 소망들이 넘실대는 시집을 여는 것은 「가장
넓은 대륙」이다.

　　꽃물에 젖는 나비

　　순환하는 사이로 초록이 말라가는 날개

　　동그랗게 말아진 기록 뭉치 몸을 펼치고

　　세속적인 폭포수 안으로 나비가 떨어진다

　　난자 동결 비용과 시간의 지면을 뚫고 나오는 방은

　　예상했던 것보단 까다로워, 시작이라는 말보다

　　열매가 열릴까요, 질문이 동그랗게 굴러다닌다
　　　　　　　　　　　　　　　　　　　　— 「가장 넓은 대륙」 부분

　시는 얼핏 난임과 저출생이라는 문제 인식에 난자동결과 인
공수정 등의 방법론을 시대의 현안으로 표면화하는 것처럼 보
인다. 그러나 이 시의 제목이 단순히 모성에 대한 비유이기만

할까? 이 시가 시집을 열고 있다는 점을 돌이키면서 다시, 우리는 '나비'에 집중해야 한다.

나비 한 마리가 달단 해협을 건너갔다.

안자이 후유에의 「봄」이라는 단시에 나비 한 마리가 등장한다. 1929년 작인 이 시의 '나비'는 당시 일본의 이상을 반영하는 듯 여린 날개를 저어 해협을 건너는 데 성공한다. 또 우리는 그것이 푸른 무밭인 줄 알고 내려갔다가 바다에 흠뻑 젖어 돌아온 지친 '나비'(김기림, 「바다와 나비」)도 알고 있다. 이 두 시의 '나비'는 무척 대조되지만 이 대비의 감각은 묘하게도 김미순의 '나비'에 절반씩 겹쳐 있다. 그러니까 미지의 수태를 향해 제 몸에 주사하는 인공의 시술이 모태가 될 가능성을 열어주는 시대의 한복판에서 모험과 두려움 앞에선 나비와, 그를 바라보는 또 하나의 모태인 나비. 달단(타타르) 해협을 건넌 나비가 도달할 곳은 가장 넓은 대륙일 테니 "피사체 말리는 방법"에도 불구하고 "가느다란 뿌리가" "가족을 찾아 뻗어가기를" 바라는 마음은 저 나비가 기어이 대륙을 보기를 바라는 걸 알면서도, 또 한편으로는 지친 나비의 심사를 결코 모르지 않기에 그 바람이 비단 모성의 숭고라는 감각으로만 에둘러지지는 않을 또 다른 나비의 심경이 무겁다.

다시, 한 걸음 더 나아가기 위해 빠져나와서, 이 시가 대륙

에의 바람을 쉬 오지 않는 생명에 견주고 있다는 것을 놓쳐서는 안 되겠다. 그것이 바로 이 시를 첫 면에 배치한 이유에 닿아 있는 듯 보이기 때문이다. 왜 응당 이루어지는 것으로 알았던 생명의 '순환'이 느닷없이 단절되고 여간해서는 수월하게 이루어지지 않는가? 인공의 착상과 같이 전에 없던 방법으로 하는 잉태의 시도는 무언가 변화했음을, 예전처럼은 불가능함을 전방위에서 표방하고 있는 것이다. 세계의 무엇이, 왜, 달라졌는가?

을숙도에 쓰레기 쇠백로가 둥지를 틀었어요
토사가 쌓여 만들어진 섬에 대형 조형물은 비밀의 상징이
에요
텃새로 눌러앉은 여름 철새
쇠백로 눈에서 개구리가 수없이 튀어나와요

…(중략)…

아무리 높이 올라도 방향을 조금만 틀면
누런 페트병이 둥둥 떠내려와
지구를 병 속에 가둬요

쓰레기 물고 있는 물주름 속에 많은 죽음들은 복원되지 않고

끝없는 습지만 걷는 여름

죽음들이 배열되어 있는 흰 침대를 생각하며

뒤집힌 주파수는 힘센 오염뿐이에요

—「쇠백로」 부분

낙동강이 만든 근사한 토사 퇴적 섬 을숙도乙淑島는 한때 동양 최대의 철새도래지였다 한다. 갈대와 수초가 무성하고 어패류가 넉넉하니 철새들의 좋은 쉼터가 되었던 것인데, 을숙도는 사람의 발길이 잦아지면서 오염되고 손상되기에 이른다. 와중에 2022년 부산현대미술관은 이곳에 폐플라스틱을 활용한 쇠백로 구조물 설치를 기획한다.

쇠백로는 을숙도에서 여름을 나는 철새였는데, 근래에는 더 오래 머물며 "텃새로 눌러앉은 여름 철새"다. 쇠백로는 왜 을숙도를 떠나지 않을까? "따뜻함은 품의 원형"이라는 시의 구절처럼 여름 철새인 그들이 필리핀 등지로 이동하지 않아도 될 만큼 한반도의 기온이 상승한 것과 함께, 인근에 아파트 단지가 조성되면서 사람이 먹고 버린 음식 찌꺼기 등을 새들이 손쉽게 섭취할 수 있게 되면서 굳이 필리핀까지 힘들게 갈 필요가 없어졌기 때문이다. 그렇게 사람으로 인한 지구의 온도 변화와 생태 환경의 변형은 철새를 눌러앉게 했다.

'플라스틱 팬데믹'이란 표현이 과하지 않을 만큼 코로나 19 시기에 급증한 플라스틱 사용량은 팬데믹이 끝나고도 여전히

골칫거리인데, 이 고민거리는 생태계의 변화를 가져온다는 점에서 쇠백로의 처지와 슬며시 포개진다. 그런 면에서 "페트병 파빌리온 제작을 기획한 쇠백로의 구조는/ 환경 파괴의 표상"이라는 시의 구절은 두 가지로 읽을 수 있다. 그건 의도대로 쓰레기에 대한 의식의 촉구와 환기의 기획이면서도 "새들의 낙원에 객들이 쳐들어와 불필요함을 만들어"놓으니 또 다른 쓰레기를 부르는 행위이기도 하다. 한 마디로 새들과는 무관한 일이다. 전국의 폐플라스틱 27t을 모아 사출성형을 거친 이 구조물은 모듈화되어 있어 전시가 끝난 후 해체하여 전시관 내 카페 등에 테이블 의자로 재사용되고 있는 건 사실이다. 한데 그 말은 곧 미술관의 전시와 카페가 새들의 섬으로 자꾸만 사람을 유인한다는 뜻이다. 을숙도가 망가지고 있는 근본적인 이유는 사람의 발길 때문이고, 사람의 행위는 거기서 그치지 않기에 문제적이다. 시인의 출발점도 엄연히 이 지점인데, 새들의 섬을 인간이 점유하려 든다는 점에서 시인의 불편함은 저 쇠백로의 기획을 겨냥하는 것이기도 하다. "죽음들은 복원되지 않"는데도 인간의 고민이란 쓰레기에 대한 경각심 고취를 위해 폐플라스틱을 끌어들이느라 을숙도의 원 주체들을 쫓아대고 있는 꼴이다.

이런 불편함에 기꺼이 동의하면서, '쇠백로'의 결정을 한 번 들여다보자. 쇠백로의 떠나지 않을 결심, 그건 매우 의미심장하다. 그가 남방으로 떠나지 않기로 하자 예측 가능하던 을숙도의 생태계(를 예의주시하는 인간)는 긴장한다. 순환의 화살표가 을숙도에서 들머리를 돌려 앉는 순간이다. 그러니까 쇠백로의 결정은 지구의 온도 상승이라는 오염의 결과이면서도 지금부터 시작될 또 다른 생태계의 지각변동을 예고하는 전에 없던 행동, 즉 클리나멘clinamen이라 이름 붙일 수 있다. 비결정성 앞에 당황하는 인간의 수치화와 계측은 그런 쇠백로를 향해 '생태계를 교란'한다고 일컫기도 한다. 어째서 예측되지 못한 것들은 그런 오명을 써야 하는가, 그럴 권리가 인간에게 있기나 한가? 차라리 그들은 새로운 개체를 받아들이는 과정에서 상생의 지점을 찾아낼 것이고 그러기까지의 혼란도 지혜롭게 감내할 것이다. 그런 것이 생태계의 균형임을 모르지 않는다. 쇠백로 구조물과 쇠백로 중 생태계를 혼란스럽게 하는 것은 어느 쪽인가? 쇠백로가 교란한 것은 막상 생태계가 아닌 인간의 예측이라는 데이터 쪽에 불과하다. "죽음들이 배열되어 있는 흰 침대를 생각하며/ 뒤집힌 주파수"를 감지하는 시인의 가만한 분노 위에 흰 구조물의 반듯한 모듈과 배를 뒤집고 죽은 개구리의 사체가 둥둥 떠오르는 듯한 건 오염만큼 힘센 것도 없기 때문일 것이다. 시인은 그걸 "힘센 오염"이라 부르고 있지 않은가. 마치 이비사섬의 운명처럼 말이다.

녹음기에서 흘러나오는 멜로디에 맞춰 우리는 푸른 춤을 추었지요 불규칙한 리듬에 중독되고 말았어요 모두 주목해 주

세요 장미는 원래 피지 못할 꽃이었어요

—「리오틴토」 부분

"스페인의 작은 화성" '이비사Ibiza'는 누군가에게는 EDM 파티로 잘 알려진 스페인령의 섬이다. "모래 위에 찍힌 개구리 발자국"을 보니 "내 발자국"은 차라리 "바람에 날려가 버렸으면 좋겠"는 건 이 섬의 오랜 오염의 역사 때문인데, 이 시의 제목 '리오틴토'는 일명 광산 거인으로 불리며 구리 채굴로 산업혁명의 주요축을 담당한, 무려 19세기에 설립된 다국적 기업이다. 산업화의 방향이 선회하고 구리의 채굴이 멎자 섬은 천혜의 관광지, 파티의 성지 등으로 '사용된다'. 섬은 대체 언제부터 젠트리피케이션gentrification의 재물이 된 것인지, "장미는 원래 피지 못할 꽃이었"다는 외침을 곰곰 생각하다 보니 우리 눈앞에 보이는 싱그러운 자연의 일부인 장미조차도 애초 아시아가 고향이라는 것에 생각이 닿아 그만 짧은 탄식이 터진다.

그런가 하면 물질의 최소 입자인 원자가 예측 가능하지 않은 방향으로 움직일 수 있는 가능성, 그 우발적인 운동을 일컫는 클리나멘을 감지하는 시인의 눈은 이런 곳에서도 반짝인다.

남포동 옛 구둣방 골목에 선 화자는 낡은 여행 가방을 하나 끌고 걸어간다. 그러다 불친절한 보도블록 사이에 걸렸는지

툭하고 캐리어 바퀴가 빠지고 만다. 이 사건, 캐리어의 바퀴 이탈은 친숙한 골목을 "불안한 길"로 전환한다. 불안은 평정심을 잃게 하고 낯섦을 지배적인 감정으로 밀어 올린다. 화자는 "여행은 고장 나"버렸다고 여긴다. 그러나 달리 말하면 여행이 없던 게 되는 것이 아니다, 새로운 여행이 발생한 것이다.

남포동 옛 구둣방 골목에서 캐리어를 끌다가 바퀴가 빠져버렸다 어둠이 질펀거리는 자갈치까지 캐리어를 달래어왔다 북적거리는 인파가 못마땅한 듯 눈을 내리깔고 삐딱하게 앉아 있는 캐리어

—「캐리어」 부분

이 우연성의 사건을 캐리어의 운동능력, 클리나멘으로 읽어 보자. 예측 불가의 이탈이 실은 탈주를 꿈꾸던 바퀴의 능력이라 생각해 보면 어떨까? 어쩌면 캐리어의 바퀴는 그렇게 인간이 '고장'이라 이름 붙인 자신의 이탈을 향하여 조금씩 궤도를 벗어나는 쪽으로 움직여 왔는지도 모른다. 그럴 때 사물이 가진 물성, 그 성질은 어떤 조건 때문이 아니라 조건에 맞춰 반응하는 것으로도 해석 가능해진다. 맨들맨들하기만 한 공항의 로비에서는 불가능했던 캐리어 바퀴의 이탈 계획은 드디어 구둣방 골목의 깨진 블록을 만나 실행될 수 있었던 셈이다.

이왕 이렇게 된 거 상황과 절반쯤 타협한 듯 화자는 "눈에 보이는 풍경을 따라"가기로 한다. 캐리어 바퀴가 고장 나지 않았으면 볼 일이 없었을지도 모를 우연함이다. 캐리어는 "멈춘 곳이 짐을 푸는 곳 짐을 푸는 곳이 마음을 푸는 곳"이라 알려주는 듯하다. 캐리어가 알려주는 유연성이다. 그럴 때 화자는 캐리어를 억지로 끌고 오는 것이 아니라, 캐리어가 "더 이상 따라오지 않는" 것처럼 "나도 캐리어를 따라가지 않"는 결정을 택할 수도 있게 된다. 이전에는 없던 선택지가 생기는 게다. 화자에게는 여전히 당황스러운 우연성 앞에서 캐리어를 쳐다보니, 글쎄 "아까부터 삐딱한 어깨로 리듬을" 타고 있는 게 아닌가. 이제 우리는 새로운 여행을 시작하기로 한 화자와 캐리어의 삐뚜름한 어깨가 거리의 리듬에 흔들리는 것을 볼 수 있게 되었다.

이런 이탈의 사건들은 매끈한 세계를 기대하는 누군가의 상상에 균열을 만든다. 그것은 사유에 틈을 벌리는 일이다. 그리고 점점 깊은 크레바스crevasse를 형성한다. 물질이 만들어 낸 이 크레바스를 감지하는 것이 시인의 일이다. 감각의 더듬이를 기민하게 움직여 누구보다 깊게 앓는 존재, 물질세계의 관찰자일 시의 화자는 "지나치게 반듯한 세계"를 손에 들고 "좋아하는 장르"를 시행하는 중이다. 이때 결식아동 프로모션이 게임의 서사 사이를 비집고 들어온다. 프로모션의 내용은 이

러하다.

　　컵라면으로 끼니를 때워야 하는 남매, 무거운 생각들로 괄
호를 친다 도망 못 가게 슬픈 한 토막, 달력에 동그라미 치고
온몸 마디마다 남매의 아픈 프로모션이 진행 중이다

　　작고 파란 꽃

　　힘없이 떨어뜨린 나무젓가락

　　바스러질 듯 깡마른

　　아무도 접속하지 않은 최후가

　　부식된다

—「파이널 판타지」부분

　　이렇게 시인이 발 디딘 물질세계는 모바일 디바이스를 경유
하여 인식된다. 반듯한 판타지의 세계를 비집고 들어오는 균
열은 "아무도 접속하지 않은" "바스라질 듯 깡마른" "부식"의
세계라는 현실이다.

　　이 시의 화면 구성은 세계의 연결 감각을 대비되는 그림으
로 보여준다는 면에서 익숙한 구성 양식을 따르는 듯하면서
도, 게임이라는 판타지의 위에 불쑥 켜지는 광고의 형태로 들
어온 현실이라는 형식의 차용을 통해 우리가 잦게 접속하는
세계와 다소 밀쳐두기 십상인 '껄끄러움'이라는 현실을 단번

에 전경화한다. 그리하여 화자는 "산복도로에 마지막 한 채 남은 집을 찾아가/ 문을 가만히 두드린다". 판타지의 세계에서 빠져나와 "컵라면 용기에" "빗물이 쏟아"지는 것을 가만히 비추는 시의 마지막 시퀀스는 유희의 세계를 침묵하게 한다. 다만 그 암전과도 같은 "움직이지 않는" "마지막 장면"이 「숫자 탐험대」에서 계산기만 두드리는 "분배법칙"보다 먼저 움직이는 윤리 감각, 상생이라는 정의에 좀 더 가까이 있는 것이긴 하면서도, 그마저도 너무 늦은 당도가 아닌지 염려하면서 저 장면에 오래 머물러 본다.

물질을 들었다 났다 들쑤시는 소묘들도 있다. 「우리 모두 그대로 걷자」와 같은 시에서는 인간이 벌이는 기이한 행위를 볼 수 있는데, 댐의 건설로 수몰 지구로 지정된 곳에 오래된 정자가 있어 사람들은 그걸 옮겨놓는다. 그렇게 정자 '수옥정'은 한의원 초락당 앞마당에 새 둥지를 틀었고 화자는 수몰과 치유 사이에서 얼마나 걸었는지 "낯선 과열"로 발바닥에 물집, 그러니까 상처를 얻었다. 인간이라는 이름을 공유하는 처지여서 화자의 걷는 행위와 그런 결과로 생긴 상처는 일종의 참회나 속죄처럼 보이기도 한다. 버스를 기다리며 앉아 있던 의자에 무작정이라 이름을 붙이는 그것은 마치 다 내려놓는 곳을 일컫는 무작정亭 같기도 하고, 제목에서 보듯 계속해서 걸어 나갈지도 모르는 이탈의 방향을 가리키는 것도 같다. 의자는 정자와 마찬가지로 사람을 기다리는 것을 소임으로 알며 거기

있을 텐데 그마저도 사람은 들었다 놨다 옮기고 부술지도 모를 일이다. 안타깝게도 너무 많은 훼손이 인간의 것이다.

이 세계의 물질은 저마다의 의지로서 운동한다. 그 내재적인 힘들은 "잘라도 잘라도" 소용없이 "다시 태어날 시간 꼬리"(「시간 꼬리」)처럼 내내 움직이고 소멸하고 다시 태어난다. 인간의 의지만이 '~로부터' '~에게로'와 같은 자연스러움을 방해하는 것이다. "콩 껍데기 숲에서 새파랗게 슬픔은 자꾸 태어나고 죽는다" "발효된 장독 뚜껑을 열면 숙성되던 눈물이 날개를 달고"(「사랑이 익어가고 있는 정원」) 날아오르듯, 순환을 위태롭게 하지 않고 그들의 클리나멘을 내버려 둘 수는 없는 걸까? 시인이 시간에서 배우고 예감하는 것이 있다면 손상된 물질의 세계에 대한 기시감 오로지 그 한 가지뿐인 듯하다.

김미순이 이번 시집에서 보여주는 사유는 '가장 넓은 대륙'마냥 품이 크다. 그건 하나의 거대한 순환을 매끄럽게 돌려놓겠다는 의지가 아니다. 시인은 오히려 경계를 무람없이 넘나든다. 화살 머리의 방향을 돌리거나 그 힘을 막지 않고 지켜본다, 따라가 본다. 그 친절한 방관 속에서 물질은 인간과 비인간 사이를 건너고 운동의 방향을 틀기도 하며 덜컥 빠지고 과거와 현재를 시차 없이 겹쳐놓으며 다만 찬란한 미래를 약속하지 않는다. 미래에 확실한 것이 하나 있다면 그건 어떤 존재, 물질들의 소멸뿐이라는 듯 모든 물질의 가능성을 열어두는 방식으로 감히 예단하려 들지 않는다. 어떤 이론은 인간이 저지른 만큼 되돌릴 책임 역시 인간에게 있다고도 하지만 그 역시 우위를 점할 순간을 허락하는 것일지 몰라서, 차라리 어떤 물질의 세계는 애초 인간의 손을 타면 망하는 세계였을지도 모른다고 생각해 볼까? 세계의 물질이 돌고 돌아 우리의 품에 하나의 생명으로 돌아오는 일이 자연스럽기 위해서 요청되는 것은 한 걸음 뒤로 물러서는 일 그것뿐인 것은 아닐까? 파충류가 제 꼬리를 잃고 새 꼬리가 돋기까지 상상의 꼬리를 달고 있을 거라는 믿음은 (「시간 꼬리」) 상처의 치유에 대한 순한 마음일까 인간의 인지적 능력이 만들어 낸 약은 자기 위안일까? 가장 넓은 대륙이 요청하는 세계는 인간의 계획이 아닌 물질의 능력, 그 무궁하고 상생 가능한 능력이 만들어 내는 re-cycling을 가리키는 게 아닐까? 김미순의 시는 그 가능성을 비결정성이라는 물질의 이탈 가능성에 돌려주려는 애타는 이의 목소리로 들린다. 이 시집을 읽으며 스스로 열릴 가장 넓은 세계를, 그 재생의 시간을 함께 꿈꾸어 본다. ▨

| **김미순** |

필명 금미. 2015년 신라문학상 시 부문 대상으로 『월간문학』 등
단. 시집으로 『꿀벌펜션』『참치 하역사』『브레이크』『파란 장미
속에는 등장인물이 빠져 있었다』가 있다.

이메일 : samone5483@daum.net

현대시 기획선 126

가장 넓은 대륙

초판 인쇄 · 2025년 6월 1일
초판 발행 · 2025년 6월 4일
지은이 · 김미순
펴낸이 · 이선희
펴낸곳 · 한국문연
서울 서대문구 증가로29길 12-27, 101호
출판등록 1988년 3월 3일 제3-188호
편집실 | 서울 서대문구 증가로31길 39, 202호
대표전화 302-2717 | 팩스 · 6442-6053
디지털 현대시 www.koreapoem.co.kr
이메일 koreapoem@hanmail.net

ⓒ 김미순 2025
ISBN 978-89-6104-386-1 03810

값 12,000원

* 이 시집은 2025년 부산광역시, 부산문화재단 지역문화예술특성화지원사업의 지원으로
제작되었습니다.

* 잘못된 책은 바꾸어 드립니다.